僞詩集

蔡仁偉

黑眼睛文化＿出版

序

瘋狂世界的清醒數學家

鴻鴻

蔡仁偉的詩是 2011 年 1 月開始出現在《衛生紙 +》第 10 期的。第一次是一首。很快地，他的創作量以等比級數成長。下一期登了 10 首。再下期 14 首。再下期，30 首。然後很快衝到了 49 首。如果不是這份詩刊篇幅有限（每期最多 96 頁），事實上刊出的會不止這個數量的一倍。在預備留用的存稿夾裡，始終都有上百首蔡仁偉的詩在排隊，而他被我退回的詩作，更遠遠超過此數。

從他退伍到開始寫詩，不過短短一年時間，就已經找到自己的語言。不，語言於他只是載體。蔡仁偉不像其他多數年輕詩人孜孜矻矻於語言的雕琢，而是直白地陳述出他的觀點。而他的詩吸引我之處，也在於觀點的精闢凌厲。

他寫的，就是生活，就是與你我無異的生活。奇怪的是，他永遠能找到看似信手拈來的比喻，把生活的質地，一語道出。在《衛生紙 +》發表的第一首〈變 · 不變〉當中，他如是說道：

生活有時候是
一邊等遲來的公車　一邊嚼口香糖
愈嚼愈難吃
愈嚼愈像爛泥在口腔翻滾

但偶爾
這灘爛泥
還可以讓你吹一個好大的泡泡

無疑地，詩，就是他吹出的那個好大的泡泡。

一開始我偶爾會對他詩中過度解釋性的語言，提出建議。很快這些建議即不再需要。他的詩越來越快狠準，以簡單的意象，發人之所未發。對他而言，身邊日常瑣物雜事，無不是神秘的入口。這些詩簡而言之，就是機車，就是無所顧忌地揭露世界的真相。有時這種真相真切得令人發痛，例如〈能力〉：「太久沒用的吸塵器／上頭積滿灰塵／要用抹布擦」。有時令人哀傷，例如〈成見〉：「即使套上垃圾袋／也不會有人／覺得垃圾桶很乾淨」。有時是一種不可能，例如〈同理心〉：「拉鍊以為／世界上所有的傷口／都會痊癒」。而有時，卻是一種對於可能的頌讚，例如〈世界〉：「花店不開了／花繼續開」。更多時候，是一種對愛與被愛的領悟：「眼睛看不見隱形眼鏡／但隱形眼鏡讓眼睛／什麼都看見了」。

不是如此嗎？詩應該就像隱形眼鏡，讓我們近視的眼睛復明，把什麼都看見——相較之下，許多文壇流行的詩，則只讓我們看見別緻的眼鏡，戴上去，卻一片模糊。我常在想，創辦《衛生紙+》，也許就是在等待冥冥中這樣的詩人，而竟然真的出現了！蔡仁偉的生活體驗或許不是最豐富的，然而他的思索分析能力，卻出類拔萃：「螃蟹知道／人類會直著走」。這其實很像班上的頑皮鬼，用逆向思考的幽默提問，把照本宣科的老師，逼得啞口無言。我以為他的確是頑皮的，卻從不無的放矢，並且懂得側面切入的竅門。看看〈籠子〉吧：「把鳥籠鎖好／鳥／就飛不進我們居住的籠子」。

我覺得蔡仁偉其實是一位數學家，可以用一個比喻，剖陳現實的結構，像一個完美的公式；或是一位發明家，把一根鐵絲彎曲，就改造出一個有用的衣架或迴紋針。因為是公式，是日用品，所以簡潔是第一要義。他的詩通常不長，兩三行是常態，但並不像俳句，詩句完結處，留下的往往不是供人吟詠的意境，而是一個嶄新角度的世界。因為他提供的不是抒情，而是知性。所以雖然他常寫物件，卻與傳統為比喻而比喻的即物詩，大異其趣。他的目的不在寫出物性，而是拿所有筆下的微小物件，宏觀鏡照這乖謬的人生。

既然觀照得透徹，他的嘲諷也不必留餘地。〈喜好〉：「他熱愛動物／常吃動物造型的雞蛋糕」。〈信任〉：「不會有人質疑／計算機的計算能力／除非是別人按的」。老實說這樣的詩真的會讓讀者備感威脅。因為，他怎麼可以寫得這麼誠實！但其實更像近來反媒體壟斷的學生說的：我們反抗，是因為愛。從詩中透露與外甥的相處可以發現，他的創作秘密來自於「以孩子為師」，並且對世間的弱勢者深懷悲憫。詩於他，是雨傘、是枴杖，讓他在現實冷酷的風雨中保持安全、清醒，不致和大家一樣陷入瘋狂。

或許也因為蔡仁偉的構思完全從觀點而來，他對詩的形式從不執著，也毫無藩籬限制。他可以寫出〈台灣電影分級制度〉這種列表排比，可以寫出〈視力檢查表〉這種圖像詩，甚至〈博愛座〉這種詩圖像，還有的像劇本對白，有的突然又篇幅長得像小說。詩無所不在，也無所遁形。前行代對詩體實驗的奮力辯解，到了蔡仁偉手上竟渾然天成，毫不扭捏。

當我隨手翻開《衛生紙+》給朋友讀蔡仁偉的詩，毫無例外都可以看到對方眼睛一亮，嘴角上揚，並迫不及待要拿去跟別人分享。有人說很適合拿去教學生，讓他們知道詩是如此平易而新鮮，決不是那些讓人敬而遠之的怪物。我以為這不只是對仁偉、也是對詩的最高禮讚。當然，難免也有人會生氣：這是詩嗎？蔡仁偉用這本《偽詩集》回答了這類疑問。沒錯，這不是詩，是偽詩。所以你們大可以放心去寫那些正統的詩，不用理我。而這當然，又是他逆向思考的精彩結果。自居於偽，以證其真，反襯出那些自居於真的詩，多麼虛假做作。同時，這又是一本「偉詩集」，帶有無法忽視的個人印記。或許還不能說，這本《偽詩集》可以延伸詩的定義。倒可以確定的是，另一種迥然不同的詩的可能，已經從這裡開始。

目錄

偽，日常

分手

她用口紅在鏡子上寫
我　要　離　開　你
這是口紅第一次知道
什麼是硬
而且冰冷

尊嚴

原子筆已沒水
外表看不出來
只要不用
就不會被發現

花心

一個插座
同時使用太多電器
總會有跳電的時候

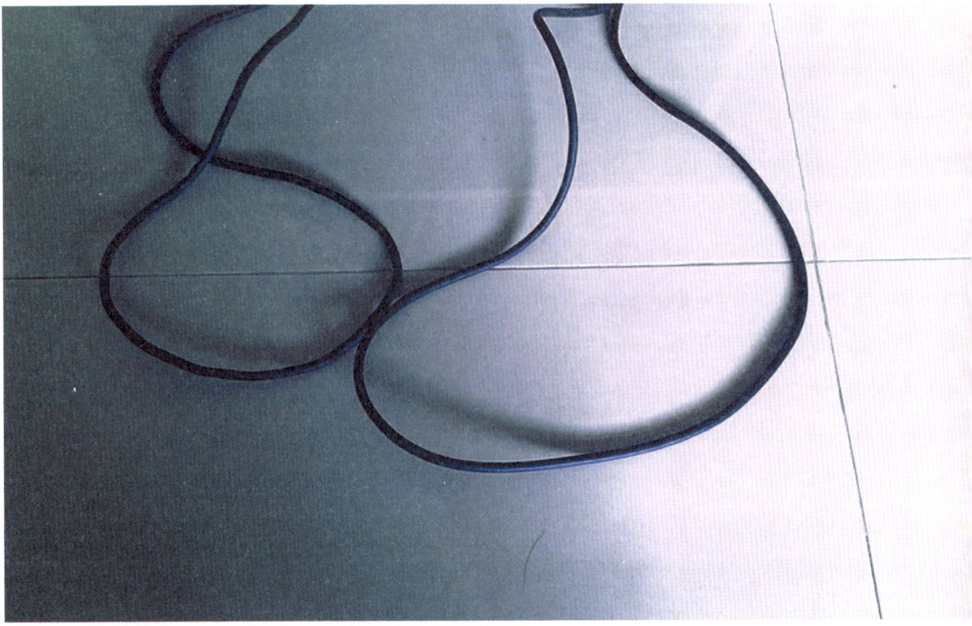

核桃

回憶一件事或一個人
有時得像剝開核桃的殼
其實可以不用剝的
也不是非吃不可
但我們還是用水浸泡了
然後用鐵器
用手
用各種會害我們疼痛的方式
把殼
打開
只為了吃裡頭的種仁

愛與被愛

眼睛看不見隱形眼鏡
但隱形眼鏡讓眼睛
什麼都看見了

默認

有時真相
就像水餃
煮熟時
會自己浮上來

偷情

樹和樹雖然等距分開
但地上的樹影全都
疊在一起

相處

她對他的瞭解
像逐漸失去耐性地玩一幅拼圖遊戲
才完成一半
她就覺得自己已看透了圖形的全貌

老梗

回沖太多次的茶包
到後來都變苦了

置杯架

世界動盪不安

每個人都該買一個

甜甜圈

生活有時會出現一個大洞
我們可以只看甜的部份

潔癖

滑鼠很髒
鍵盤很髒
電腦掃毒完畢
很乾淨

世界

花店不開了
花繼續開

夢想

有時手推車推不動
純粹是輪子故障
與裡頭放了多少東西
沒有關連

茶杯

我們都是茶杯
滿腔熱情之後
慢慢變冷
然後
倒掉
重來
又滿腔熱情

有時候

有時從未見過雪的人
還是能描述雪的
顏色　形狀
姿態
及輕盈

有時知道冬天降臨
往往是從街上行人
換了長袖開始

自由

魚缸裡的魚
常看著我們
並覺得
缺水的人類真可憐

能力

太久沒用的吸塵器
上頭積滿灰塵
要用抹布擦

溺愛

冰淇淋離開冰庫
就開始融化
有些被吃
有些掉在地上

原諒

忘記收的衣服
被雨打濕
被陽光曬乾

回音

有些聲音
其實回不來
而用力大喊的人
也忘了自己當初說過什麼

病歷表

被亂挖的馬路
後來填平了
柏油的顏色卻深淺不一

蒜頭

蒜頭覺得自己像情婦
許多人愛她但
嚐過以後
又急著把滿口的氣味與證據
消除

日子

客滿的空中纜車
或是空的
都從同一個地方出發
到另一個地方

餘燼

燒完的天燈
掉進了河裡變成垃圾
從小到大收到的生日卡片
已多到沒有地方可放

備胎

有天突然發現
當別人的備胎
也沒什麼不好
怎樣都好過
那個破輪胎

說服

你是冰

我是時間

缺點

鏡子
需要另一面鏡子
才能知道自己長什麼樣子

馬賽克

明明知道　後面是什麼
卻還要裝不曉得
除此之外還要面露驚恐地說
「哎唷！好可怕喔」
「人家不敢看」
「太下流了」
然而講這些話的時候
二十支解碼器，已從店內售出

我們所賴以為生的這世界
其實像極了
一個巨大、蓋上黑布、人人都知道答案卻
不能說的
恐怖箱

人生是圓的

小孩總是忘東忘西
老人什麼都不記得

小孩要學的不少
老人想學的很多

小孩只想要玩
老人不想工作

小孩希望趕快長大
老人希望返老還童

本事

她說
新型的手機可以上網
聽歌
查公車路線
血拼購物
看電影
而且防摔防水還防震
充一次電可以連用 168 個鐘頭
比交一個男朋友還好用

刀

總拿著我去割
不該割的東西
然後說我危險

危險的是人類

聲控檯燈

我說：

要有光

於是就有了光

順序

先有風景
蓋了房子
才有窗戶

成見

即使套上垃圾袋
也不會有人
覺得垃圾桶很乾淨

烏鴉嘴

一語成讖的烏鴉
又來呱呱叫了

牠說

「今天下午會打雷下大雨」
「股票會大跌喔」
「小心打破貴重物品」
「小心情侶吵架」
「小心路滑」

後來
有幾件事情成真了
人們氣得抄起掃把
把惹人厭的烏鴉
從頭頂上打飛

現在烏鴉再也不說話了
壞事依舊天天發生
但人們心情平靜

象牙塔

他把自己關在象牙塔裡
後來成了象牙達人

利益

愛喝蜂蜜
討厭蜜蜂

希望

擰乾的毛巾
只要繼續用力
還是可以擰出水來

機率

有游泳圈
有排水孔
有救生員

爬樓梯

電扶梯故障那天
捷運站裡被催眠的彩色行李箱
忽然驚醒過來
變回一個又一個的

人。

隱私

在公共浴池
每個人使用的香皂品牌

稻草人

我是一個稻草人
站在妳的稻田
趕烏鴉
曬太陽
我的笑容是妳縫的
很癢
但我沒辦法說

那年冬天特別早
妳把我收起來
在家門口
堆了一個沒用的雪人
替他戴帽子
圍圍巾
還取了名字
說妳愛他

「雪人根本不會趕烏鴉
而且太陽一曬就化了！」
我很生氣
但我沒辦法說

妳到現在還沒想起來
要在我的嘴巴上
戳洞

同理心

拉鍊以為
世界上所有的傷口
都會痊癒

湯匙

我是一只湯匙　不論
妳像冷了卻依舊溫柔的湯
抑或　脾氣硬起來
比鋼鐵更難切碎的肉
我都只須　將妳輕輕
舀起

躲藏

陰影躲在光裡
光躲在陰影裡
悲劇中的笑點
看喜劇哭
方糖躲起來
咖啡
不一定苦澀

沙漏

沙漏提醒我們時間
正在流逝
但沙漏往往製作精美
讓我們忍不住浪費時間
盯著它看

衣架

衣架比人類還瞭解時尚
他什麼衣服都穿
而且
怎麼穿都好看

白日夢

在廚房度過餘生的舊茶壺
每當熱水翻滾
嗚笛
便忍不住憧憬一片大海
幻想　自己是一艘汽艇

履歷表

人不該活在過去
但過去卻總是
決定著你的現在與未來

本份

枕頭從來不問我的夢
牙刷不管我的口音
鏡子不曾評論我的穿著
斑馬線踩就踩了
沒有喊痛
電梯偶爾會提及我的重量
裁員名單也是

公車不問我的目的
烤箱不問食慾
燈泡壞了
它亮時也從未照醒我的理想

蓮蓬頭不會陪我哭
安眠藥與月光
無法治癒常年失眠

日記　填滿心事
像日子過了就過了
沒有必要關切
我
或我的哀傷

往事

加工成茶包的薰衣草
在熱水裡
想念雨水的冷

加油站

加油站的美眉很可愛
每當他的車
或他
沒油的時候
就去加油站

手套

你的口袋
我的手套

兩個一元銅板
其中一枚半邊氧化
一小團衛生紙　卻不衛生
迴紋針　夾住你和別人闖進來的手
一小張紙
一小張發票
中兩百元
你從地上撿的

偶爾
一些黑色的毛屑飄落
一些什麼
外加你的體溫
和微濕的汗

這些
在我的手套裡
都找不到

圓謊

像綁緊的鞋帶
時間久了
還是會鬆開

知識

{1}

螃蟹知道

人類會直著走

{2}

鸚鵡學會說我愛你

學不會愛情

四葉幸運草

我們專門蒐集人類
驚訝讚嘆的眼神
這裡無需掌聲
同情亦是多餘
我們不過是一群
多出一條腿
多出一隻眼
多一邊耳朵或
多一張嘴的
怪胎

玫瑰

煩死了！
通通給我閉嘴！

我不是唱片行！
不是四物飲！
不是愛情！
也不是一個禮拜播兩小時的單元劇！
我就是我！

我只想要做我自己

夜來香

說真的
其實我白天也很芬芳濃郁
只是那時你們都心不在焉
都在忙著上班
忙著開會

四季如春

香水
殺蟲劑
泡沫紅茶
皮革手機套
抽取式衛生紙

都有花香的味道

內涵

紅色碎花的包裝紙
從不在乎盒子內的禮物
與自己搭不搭

合作

刷牙時沒有人會去計較
牙刷和牙膏
誰重要

際遇

沒問題的牙齒
不會認識牙套

歷史

小學生計算一隻蝸牛
在垂直的牆面上爬行
總共要花多少天
才能爬回家

當這隻蝸牛回到家
甚至死了
小學生仍在推算這道題目
後來小學生變成了大學生
變成了博士
當了爸爸
當了爺爺
多年之後病逝
數學課本中的蝸牛仍在爬
課本外的小學生仍在算

TUV
8
退幣口

安全

在太陽底下
畫一個雪人
在日記本裡
寫下昨夜的惡夢

目的

開進口轎車
去每一個想去
或不想去的地方

證詞

電視機的餘溫
是它的不在場證明

扮家家酒

父親晚回家的時候
我和母親就玩扮家家酒打發時間
我演父親
母親演報紙

我看著母親臉上曲折的皺紋
假裝那兒有字
開始輕聲朗讀
彷彿一位氣象預報員
描述明日的天氣
母親的瞳孔鮮少放晴
灰暗時
也不一定下雨

但更多時候父親根本不回家
這時候我演報紙
母親演啞巴

門

我們這一生　要打開許多扇門
有些像打開冰箱
只因為牛奶過期
不一定是要放誰進去
有些　卻是逼不得已

打開教室
打開校長室
打開老闆辦公室
打開藏有秘密的地下室
打開一些　不存在的門
或是
讓原本不存在門的地方
忽然有門

也或許　你我各是一扇門
只不過我的往往壞了門把
你的也經常弄丟鑰匙

小草

別再拿我當例子
作文早就寫到爛了
若能長成草坪
誰想在石縫中求生存
說我不因風大而彎腰
那只是你們忘了
露珠的重量

命運

Enter 鍵無法預知下一次是要換行
還是送出

信任

不會有人質疑
計算機的計算能力
除非是別人按的

活著

不用走路
可以坐車
吃最好的
住最大的
天氣冷有衣服穿
天氣熱有陽傘遮
美容、SPA、全身按摩
當然還有靈修音樂

這些日子下來
牠已開始覺得自己不是條狗了

肉包子

肉包子打狗
誰說有去無回
其實是會回來的
但回來的是狗

限制

雖然罐子上寫
綜合果汁
但有些水果
永遠不會放進來

退休

一輩子只用過一次
的郵票
有些收進集郵冊
有些收進抽屜
有些丟進垃圾桶

悲劇

公主被王子吻醒
發現四周沒有別人可以選

宿命

那些沒被標上
再來一罐的可樂瓶蓋
與自己的可樂瓶一起待在冰箱裡
知道總有一天會被某人
投以嫌棄的目光
但它仍要
堅守崗位

安慰

罐頭告訴魚
這裡很安全
沒有鯊魚
也沒有魚網

瞎子摸象

看完愛情電影後
說：

啊
這就是真愛

敲

妳又豎起城牆了啊
我舉起鐵鎚
用力
奮力
使勁
賣命
罵髒話
沒日沒夜焚膏繼晷頭昏腦脹揮汗如雨地

敲！敲！敲！敲！敲！

忽然
妳走出來說：

「同樣是敲
何不試著敲敲門
我同樣會出來的」

還說　這樣子也比較有禮貌一點

智慧

吸塵器的說明書
說明吸塵器的使用方式
但不會說明哪裡有灰塵

第二專長

沒有風
風鈴仍是最美的吊飾

籠子

把鳥籠鎖好

鳥

就飛不進我們居住的籠子

數羊

黑色的羊
白色的羊
少一條腿的羊
不吃草的羊
悲傷的羊
渴望飛翔的羊
擔心自己變成羊排的羊
相信上帝的羊
方形的羊
同性戀的羊
愛上一頭牛的羊

我討厭失眠
但我喜歡羊

包容

參觀燈塔
准許使用手電筒

喜好

他熱愛動物
常吃動物造型的雞蛋糕

減肥

如果啊
可以把手腳脖子腰屁股
所需的運動量
全部移轉到嘴巴上
事情就簡單多了

我們只須要吃
喝
八卦
批評政治
謾罵無能
就足以減去一年的贅肉

所以你看
那些三姑六婆
臉都那麼尖

體制

天上的雲
變成了雨
下在水庫

之後我們
開水龍頭
放它出來

譬喻的美好

服務生在端來的飲料杯上
插了一支小雨傘
說這樣很漂亮

後來下起大雨
忘了帶傘的我們
受困在咖啡廳裡

我想
小雨傘一定很傷心
畢竟它是如此美麗
卻被視為無用之物

公平

全世界的小孩都應該分到
一根棒棒糖
一名牙醫

螢幕保護程式

太久沒發片的藝人
偶爾會傳出緋聞

選美

「我希望世界和平」
選美小姐總是這樣說

我不懂的是
既然希望世界和平
那為何要選美？

趕時間

時間像開在馬路上的車
不論速度快慢
永遠都有人想超車

食物鏈

剪刀
石頭
布

搞紙

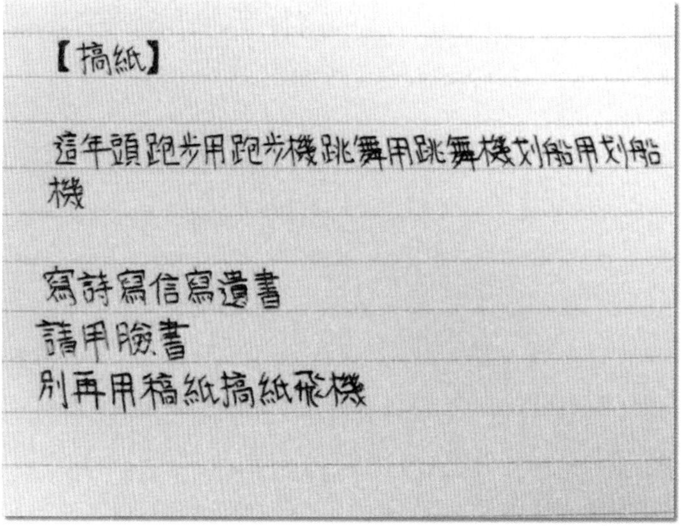

【搞紙】

這年頭跑步用跑步機跳舞用跳舞機划船用划船機

寫詩寫信寫遺書
請用臉書
別再用稿紙搞紙飛機

蚯蚓

我們是冗長的蚯蚓
一再切掉不要的自己
讓過去自生自滅

像從前犯下的錯
和忘不了的舊情人
每一個壞掉的自己
我們都試圖一刀兩斷

尋找真愛的旅途終究太遙遠
在停止扼殺自己之前
你我殘留的完整
早已越來越短

沙子

太久沒去翻動的
那張合照
太久沒想起的那個人
全都蒙上了沙塵

後來
沙子滲進照片裡
刺痛我們的眼睛

日常數學應用

{1}

百葉窗把陽光切好
擺在床單上
每一片陽光長 15 公分
寬 2 公分
一共 12 片
總面積 360 平方公分

{2}

他是個不守時的人
第一次約會遲到 10 分鐘
第二次約會遲到 40 分鐘
第三次約會遲到 1 小時
十次約會下來
她已經等了二十年

{3}

他罵她是賤貨

她罵他是人渣

他們互賞對方巴掌

並且發揮理智

沒有拿刀砍死任何人

30 分鐘後

他主動向她道歉

然後吻了她

30 年後

他們依舊沒有砍死對方

卻忘了吻可以平息戰火

未接來電

您有586,442,121通未接來電
從您出生至今（預設年齡35歲）
差不多是這個數字

您以為您是誰
您以為自己很了不起？
憑什麼錯過了
還要別人提醒你

這世上有許多人找錯工作
愛不對人
誤把敵人當朋友
被人出賣還幫忙數鈔票
一直到死
都不會知道

（您所撥的電話目前沒有回應
或許對方在忙
或許對方沒聽見
或許對方聽見了卻不想接
也或許對方
再也沒有機會聽見了）

你
只是漏接幾通電話
已經非常幸運了

週休二日

十分的瀑布不停
月老的香火不滅
不是週休二日的時候
各處景點
仍舊盛開

像白天的夜市
偶有晚起的人們
走進店內
點一碗熱騰騰的湯麵來吃
也像深夜的動物園
失眠的獅子
貼近欄杆
想起陽光和閃光燈

旅遊手冊沒有告訴我們
世界同時擁有兩張臉

空蕩蕩的深坑老街
供遊客使用的大型垃圾桶
不必每小時
更換一次垃圾袋
在店門前頻頻打呵欠的貓
跟牠的主人一樣
全忘了要招呼客人

今天是禮拜一
買碳烤臭豆腐不必大排長龍
因為店面公休

我在拍立得跳出的照片背後
寫下今天的日期
還有地點
經歷是如此寶貴
人們總得提醒自己
別把光陰虛擲在已經來過一次的地方

僞，同類

世界末日

她煮菜給刁鑽的婆婆吃
一時緊張把糖當成鹽
世界末日

他準備跟未婚妻步入禮堂
卻發現前女友懷孕
世界末日

他熬了一整夜讀微積分
才發現今天要考日文
世界末日

她打了一封簡訊罵老闆是豬頭
結果手誤寄給了老闆
世界末日

後來地球爆炸世界萬物扭曲撕裂燃燒成灰燼
末日結束

請、謝謝、對不起

現在的社會大多是

跟有地位的人說請
跟施捨我們的人說謝謝
跟我們不敢得罪的人說對不起

出國

我們對菲傭說國語
跟台灣學生說英語

教育

思考是列印機
練習是影印機
革命是碎紙機

失眠

我朝深邃的黑夜扔了塊石頭
它沒有丟回來

平凡

詩人寫小雨
小說家寫暴風雨
編舞家寫雷雨
音樂家寫毛毛雨
夢想家寫雨後
燦爛的彩虹

他們雨天外出都會帶傘

失望

掉在地上的冰淇淋
假日維修的遊樂場
被雨淋濕的盪鞦韆

戒菸與失戀無所不在

戒菸是一種狡辯
嘴巴說不要
眼睛說不要
鼻翼說不要
指尖說不要但其實
都是要的

失戀是一種催眠
貓咪說不想
剪刀說不想
晚餐說不想
棉被說不想但其實
都是想的

可是啊
就算再怎麼想要或放不掉
態度都應堅決
畢竟一切努力不是只為自己
還包括他人
和他人的期待

猶如馬戲團裡出神入化的表演
拉弓一定要射中頭上的蘋果
而不是頭
扛起大象走鋼索保持平衡
偶爾大象生病換長頸鹿
多麼不可思議但
從來沒人失敗過

菸一定會戒掉
舊情人變成風景只是遲早
要誠實喔　不可以撒謊
衆目睽睽之下
騙子要吞下一千根針
哪怕心不甘情也不願
想要發誓就該幾可亂真

要假裝自己很神
要假裝自己是神
要假裝哪裡都有神
要假裝不論你決定了什麼決定
都一直懷有運動精神

刻度

我們終其一生都活在量杯裡
時速七十的公路
年滿十八才可進場的電影
一天三次
一夫一妻
早熟世故的孩子
輕浮幼稚的大人

兩者

口才與文筆無關就像
合力撐開一百隻傘
天氣也不會放晴

身份

寫了詩就變成詩人的人
跳了舞就變成舞者的人
請不要　草率地定義我
有時我也想變成一把傘
既能擋雨　也能當拐杖

刺蝟

沒有刺的刺蝟
無法保護自己
但沒有刺的刺蝟
讓人想保護牠

一個詩人死後

昨天一個詩人死了
衆人議論紛紛　說
「他一定是讀了一首爛詩
活活被氣死的」

今天一個詩人死了
衆人高談闊論　說
「他一定是寫了一首好詩
心滿意足走了」

我想　明天若又有詩人離開
衆人還是可以找到新理由

只是為什麼
詩人的一生都必須跟詩有關呢
難道一個詩人
就不能死於食物過敏
或是氣喘發作嗎？

螢火蟲

我們被
抓進補習班
抓進遊學團
抓進大公司
抓進上流社會

努力發光　取悅衆人

有病

旋轉木馬說他容易暈眩
而且有五十肩

碎紙機有暴力傾向
已無法分辨情書與驗傷單的差別

冷氣機總是冷
沒人相信他滿懷熱情

漏斗很悲傷
他說所有人都離他遠去
他什麼也留不住

然而濾網更慘
他永遠都在撿別人不要的、嗤之以鼻的

然後把最好的都留給別人

看完他們　我心情稍微好了一點
雖然身為一個滑鼠
每天都得忍受被人上下其手的騷擾
但這是我的工作
我不能拒絕

啊
這世界有病，真的！
每個人都應該去看心理醫生

角色

她是個瘋子
在一齣戲裡
大哭
大笑
摔東西
歇斯底里

戲劇結束後
她回到現實生活中
演一個正常人

簡單污染

她妝化太濃
她沒化妝
他在捷運車廂內大聲講手機
罵老闆是垃圾
他每次講手機都緊張地用手遮
她開車闖紅燈撞死人
她被闖紅燈的車撞死
他失眠
他睡太多
她這輩子愛過許多男人
她這輩子只愛他一個
且不管他愛不愛她

同類

可彎曲的吸管
可摺疊的傘
可摺疊的腳踏車
願意彎腰的員工

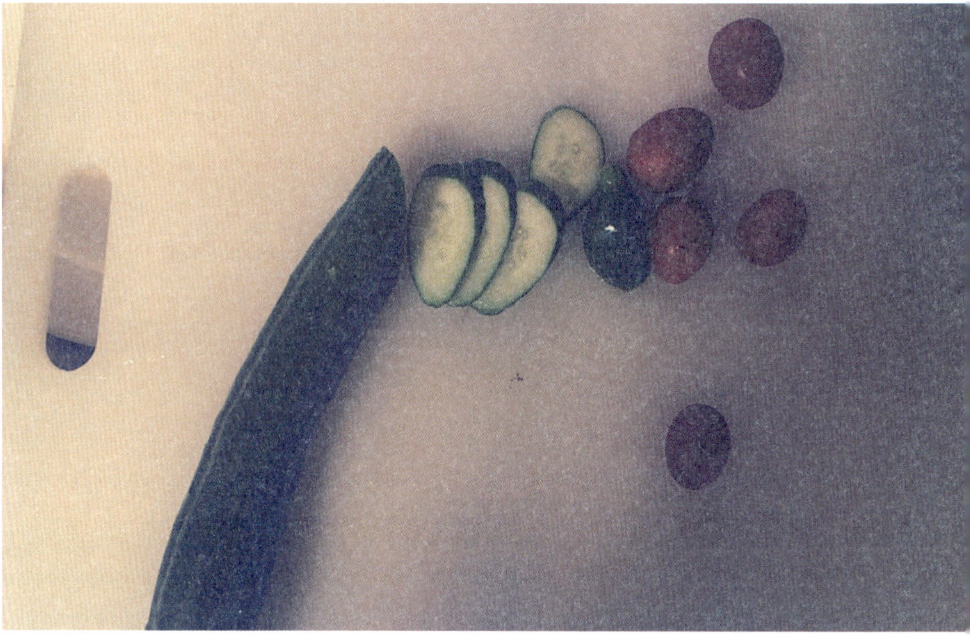

基層員工

我們
是秒針
但人們盯著時鐘看
永遠只看分針
和時針

幼幼 TV

大人也喜歡

幸好有小孩陪他們一起看

紀念品

留在別人手機裡的簡訊
留在別人相機裡的身影
同一封信不斷被轉載
最後成了漂流木

這世上真正的紀念品
禮品店裡永遠買不到

沒有靈感的時候

像刨冰機在轉
底下沒有冰

厭世

老闆對幫他賺錢的員工說：
「去死吧你！」

先生對當初追了兩年的妻子說：
「妳為什麼不去死一死？」

兒子對滿臉倦容的父母說：
「再逼我就死給你們看！」

花樣年華手腳健全的少女說：
「這世界真爛，我好想死！」

後來
他們一起寫了好多張卡片
寄到加護病房裡對他說：
「你要堅強活下去。」

藥癮

偶爾
我們吃藥
但更多時候
藥
吃了我們

夢遊

有時我們會突然醒來
像醒在
工作了十二年的公司
愛了四十年的人
等了一輩子的
什麼

然後
就巴不得能繼續夢
從來沒醒來過

弱勢

花樣年華
四肢健全
沒有懷孕
只是上班太累
想睡覺
不可以坐博愛座

接力賽

聽懂別人聽不懂的數學公式
替那些打瞌睡的學生
考一百分

為害怕坐飛機的旅行家
實現環遊世界的夢想

愛別人已不愛
或不再有能力去愛的情人
用自己的方式接吻
冠上丈夫的姓氏

或者
從皮夾裡取出
低收入住戶一輩子也賺不到的零錢
捐給他們

每個人都是一顆螺絲釘
汰舊之後
總是能找到全新的

底層社會

杯墊
滑鼠墊
椅子坐墊
門口腳踏墊

它們唯一的共同點
就是沉默

挫敗

像在大雨中被風吹壞一把傘
有些人學會買堅固的傘
有些人學會雨天不出門

平衡感

我兩眼的視差
像期末報告裡忘記調整的字距
一直以來
我都不是一個可以對折的人

左手無法幫右手寫字
左腳單獨站立時
只能維持五秒
有偏頭痛
對某些人
有某種程度的偏心
照相時討厭拍左臉
算數邏輯差
截至目前為止

所做的壞事
絕對比好事多

有前科的殺人犯
曾經偷過糖果的小孩
每當想起他們
我總提醒自己遵守交通規則
努力壓抑無可自拔的嫉妒
與貪婪

我還想死了以後
可以上天堂

快樂獨佔

喝一罐
不會讓人打嗝的可樂吧
猶如小學生放颱風假
卻
沒有颱風

我不要結婚

我不要結婚
我不想有小孩

我不想有小孩
並非討厭他們　而是我太愛了
我會忍不住寵他們　疼他們　溺愛他們
把他們變成不折不扣的災難
沒大沒小　目中無人
讓別人指著他們的鼻子罵
像把鞋子直接踩在我臉上

當然我可以對他們兇
告訴他們國有國法家有家規
但我不想老是對他們發脾氣
當我很累需要休息

而他們有事想與我分享的時候
我不希望他們怕我　尊敬我　把我當成神
我要讓他們知道我也會脆弱
卻不能讓他們發現我很脆弱

我不想有小孩
我不想逼他們去學鋼琴　學畫畫
學英語　學日語　學一堆這輩子
用都用不到的技能
只為了不讓他們輸在起跑點
變成一個沒出息的人

我不想批評他們奇裝異服的朋友
不想指責他們光怪陸離的思想
更不想在他們三十歲的時候說

「你該找工作」
在他們四十歲的時候說
「你該結婚了」

我害怕他們長大後變成現在的我
我老了則成為現在的父親
我不要自己明明愛他們
卻對他們口是心非
尖酸刻薄
我不要他們明明愛我
卻對我充滿恨意
巴不得殺了我

我害怕有一天我死了
他們沒辦法獨立過活

不知道水電費怎麼繳
不知道電燈怎麼修
然而　我更害怕
他們會比我早死

但　我總會結婚的
那一天總會來臨
我會是個好爸爸
好丈夫
會教出人見人愛的孩子
建造一個幸福美滿的家庭

每個人見到了我
都是這樣說

小紅帽

她喜歡穿紅衣
戴紅色的帽子
不喜歡看醫生
否認有強迫症

規則

草莓沒有性別
但大部份男生不穿
有草莓圖案的衣服

距離

刺蝟愛上了一顆氣球
但牠不能擁抱它

後來
刺蝟學會用一條繩子
帶著氣球四處旅行

想一個人

想一個人啊像電腦中毒
視窗一直一直一直
跳出來
怎麼關都關不掉

想念的時候是魚

魚戒不掉海
即使海已經變髒

世界註定了
我們要愛一個人
即使可能
早已不值得我們去愛

忽略

翻看相簿
從相片尋找美好記憶
卻想不起來
幫忙拍照的是誰

破碎的本質

破碎這件事的本質
是一件物品
一件事
甚至是一個人
徹底地拆卸、扯裂
變成許多許多
小小塊的
拼圖一般的碎片
但即便碎了　我們還是能看出
那曾是一只杯子
或某張臉

把杯子組裝在臉上
或是從另一堆殘局裡
挑選自己想要的
時而發生
於是破　就破了

每一次撞擊都註定要粉碎一些
當有人指著我們看時
必定能從其他完整的地方
推敲
那堆碎片曾經是些什麼

每一次撞擊
都註定要粉碎那些
還不夠堅硬的地方
然而
只要還有人肯彎下腰
收拾
撿起
缺口就無須急著彌補

無須大費周章

環境

對某些人而言
最大的旱災
是晚上停水時無法洗澡
最大的飢荒
是深夜肚子餓找不到泡麵
最大的疾病
是禮拜天早晨突然重感冒
最大的貧窮
是薪水竟還不夠買一輛新車

革命

他們知道
夏天終究會來
自己終究會融化
但他們
仍舊毫無畏懼地
把自己堆成了一個
雪人。

超人

超人　無法拯救太多人的
他該怎麼幫助
一個在戀情中心碎的人
他該如何安慰
一個黨派當選
另一邊就勢必心痛的選民
他要怎麼防禦
外表和善卻心存毒計的人
他又能如何抵抗
歲月無情的侵擾

在這個連超人都將失業的時代
每一份徵人啓示
每一次戰爭
都要我們一個人
當好幾個超人用

暈車

有時兩人吵架就像
一場嚴重的暈車
痛苦已造成
卻無法歸咎是車子的錯
路面的錯
還是身體的錯

換

外甥從幼稚園回來
說他今天用十張貼紙
去跟其他小朋友
換了兩張貼紙

本來想罵他笨
卻突然想起
以前曾愛過一個人
我幾乎給了全部
卻什麼也換不回來

我晚上約了人吃飯

那是一種溫柔的藉口
好過於我不喜歡你
聽你講話很無聊
跟你吃飯想吐
你是個爛人

於是

無法吐露的交給欺騙
不能解釋的交給詩
太多的交給時間
複雜的交給命運
墮落時交給信仰
放縱時交給惡魔

迷航時
再也無法託付的指南針
要相信霧
有時反而能指引方向

戀人的考古學

你走了
撒下漫天的火山灰
一切痛苦在瞬間凝結

想念與死不可怕
可怕的是死了以後還得繼續想
猜忌與沉溺皆已終止
信件散落
酒留在壺底

這是一座再也不會有人挖開的龐貝城

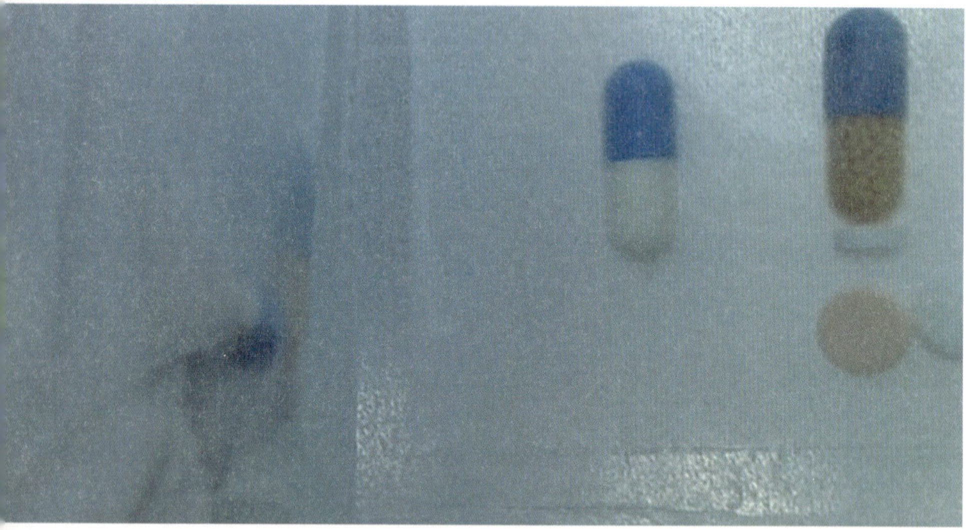

藥劑師

我的藥劑師在配藥時
老是忘記
把海的聲音挑出來
把山的輪廓挑出來
還有把雨的細節
也挑出來

這些東西都太過於平靜
以至於每回服藥後
總會引發我昏沉入睡的副作用

盡頭

加一個永遠不會天亮的班
射一隻紙飛機
在尚未碰到牆壁前
就掉下來

或者像拆開一只
過度包裝的禮盒
還來不及看見真相之前
耐性就已磨損殆盡

我曾以為自己就是楚門
大雨將至的天空是攝影棚
廉價的灑水器

（多渴望所有疲憊
都能結束
像碰到一面偽裝成海洋的牆
右手邊有門
上頭寫著逃生出口）

我是

有人以為我是飛機
其實我是紙飛機
有人以為我是漏斗
其實我是沙漏
有人以為我是流星
其實我是火柴
有人以為我是許願池
其實我是噴泉
有人以為我是狼人
其實我是月亮
有人以為我是春天
其實我是春藥
有人以為我是旅途中的風光明媚
其實我是車站人去樓空

幸福

吃草的羊
每天聽牧童大喊
狼來了
狼來了

聽久了
也就習慣了

偽

，

我把一部份的自己給了你們

封閉

寫給校園霸凌事件

小時候覺得好玩
就用手去碰含羞草
看它縮起來

可是　從來沒人認真想過
要過多久
它才能重新打開

一角

我們到底還要不要擔心
北極冰山溶化
還是任由
同情心如洗過的毛衣
縮水
只談論三十五元一杯
珍珠奶茶
去了多少冰

不倒翁憂鬱

不倒翁其實想倒下
疲憊時也希望能
好好睡上一覺
但堅強的象徵不容拆卸
且童謠的謠言不止

「白鬍子老公公
每次摔倒都會自己站起來」

誰知道呢或許
冰山
也曾奢望
自己有一天可以變成
冰淇淋

抗議

致　艾未未

釘書針被強行拔除後

白紙上留下兩個清晰無比的

洞

家人

牙齒有時會咬傷舌頭
眼睫毛偶爾刺進眼睛
我們存在著互相傷害的可能
卻無法將彼此捨棄

縫衣服

她縫衣服時
想起丈夫
褲子總在大腿的地方裂開
丈夫是運貨工人
每天都要爬上爬下

她縫衣服時
想起女兒
裙襬的地方有些不完整
女兒愛漂亮
總是偷偷修改學校的制服

她縫衣服時
想起兒子
衣服永遠破在兩邊的腋下
兒子喜歡籃球
就算弄得渾身是傷也無所謂

她縫衣服時
總是想起別人
直到針不小心扎到手指
她才想起自己

稀有品種

「這個蝴蝶的標本好漂亮！」

「對啊，這種蝴蝶已經快絕種了，是相當稀有的品種。」

「好可惜喔，為什麼會絕種呢？」

「我也不知道，我到森林捕捉時，就只剩下兩、三隻了。」

請幫我轉告辛波絲卡

這裡有三個最奇怪的句子

「這麼做都是為了大家好」
「看到你們這樣子我也很難過」
「一切都是依法執行」

過期牛奶

想起一個女人
人們檢視她已結束的婚姻
像拿起一瓶牛奶
發現已過期

牛奶本身沒有犯錯
生產廠商也毫不黑心
有問題的只是其他
例如時間

但人們關注有效期限
對它指指點點
像指著她的傷

遲鈍

父親何時老的
我不記得了
甚至可說是連想都沒想過

不久前明明還見他提起水桶
走進母親生前的房間
擦床
擦玻璃
擦書架上的灰
怎麼今天
他卻連翻開母親日記的力氣
都消失了

英雄事件簿

他在河邊救起一個溺水的孩子
一夕之間成了鎮上的英雄

媒體記者搶著採訪他
採訪他的游泳老師
採訪他的數學老師
採訪他的心理醫生
採訪他的女朋友
採訪他的前男友（是的沒錯）
採訪他的鄰居
採訪他的狗
採訪他坐過的沙發
採訪他咬了一口的漢堡

後來
他的臉被印在游泳圈上
印在救生艇上
印在可樂瓶上
印在衛生紙上
印在馬桶蓋上
偉大的功績豈可淡忘
歷史博物館決定為他打造一尊銅像

只是
從此以後
每當有孩童溺斃來不及救起時
大家就會對他露出失望的表情

造句練習

{ 都更 }

世界都更新了，為什麼你們的嘴臉
還那麼醜？

{ 油漲 }

如果海不見，只剩汽油漲潮，寄居
蟹願不願意接受共乘制度的美好？

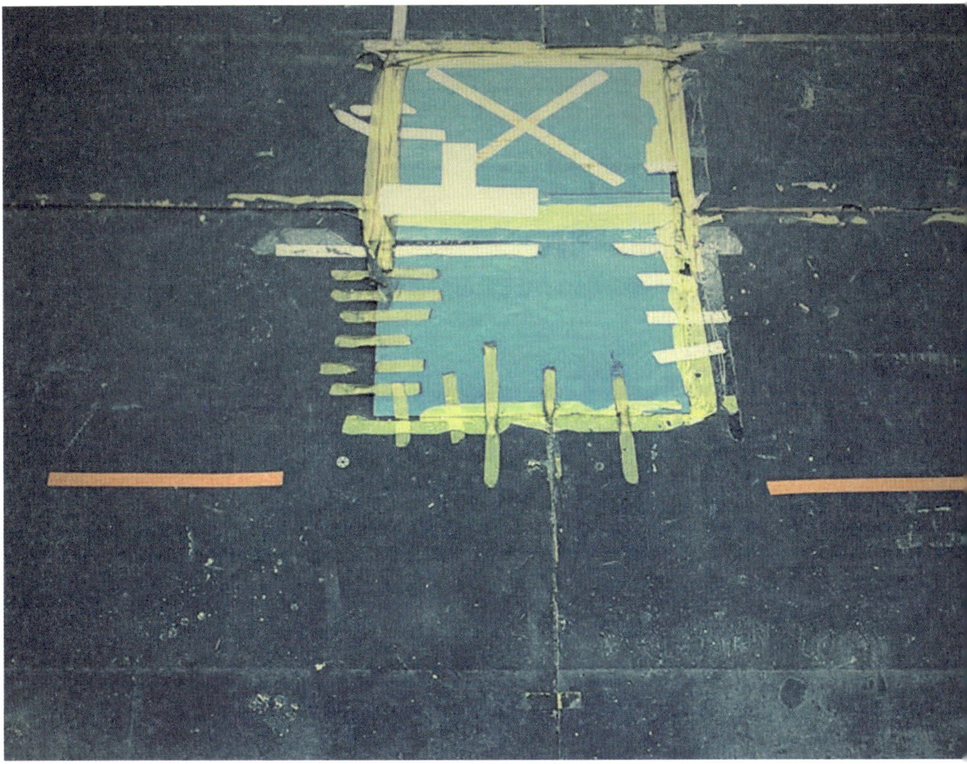

風停了嗎

風停了嗎
我還聽見風鈴的聲音
不是用耳朵

綠燈了沒
有野狗慌張跑過馬路
不是用你的視線

土地消失了吧
車子無路可走
成群去高鐵排隊買票
與腳無關

世界末日來了
工廠在農田消失的陸上
冒起一百樓高的黑煙
竄進豌豆巨人家中
火災警報器大響
豎琴與母雞全部失靈

快點醒醒啊
已經失火了
這不是誰的想像
不是惡夢
所以醒不來

淋雨

走了好長一段路
卡住的傘
才終於打開
只是　那又如何
衣服早就濕透了

＊纏訟23年的學童陸正撕票案，於民國100年7月28日定讞，主謀邱和順被判死刑、褫奪公權終身。陸正的父親陸晉德受訪時說：「這正義已經不是正義了。」

美好的時光

給字典

一起、看、電視
或者、玩、捉迷藏
天色、慢慢、變、暗
媽媽、叫、我們
回家、吃、晚餐

請把握當下因為
只有小學生會
把你打開　查這些字

這還不是結局

雨開始下了
沒有人知道第一滴雨落在哪裡
猶如雨快下完時
也沒有人曉得
最後一滴雨在何處結束

那個背著書包的男生
雨傘被班上的同學搶走
他現在只能淋雨回家
這不是第一次了
但他不敢讓母親知道
包括他身上的傷
他每次都說
「雨傘忘在公車上了」
「我從樓梯上跌下來所以受傷」

每天
母親給他一百元
讓他買水跟早餐

但他的錢往往到早餐店門口
就被其他人抽走
他最後只能空著肚子
到學校上課
然後中午一到
就一個人躲在廁所裡吃便當

「他們這種行為多久了？」
「第一次發生是什麼時候？」
事隔好久之後
當老師與主任問起這些問題
他一個字也答不出來
誰會記得第一次何時發生啊？
發生次數太頻繁
連他自己也忘了
反正就像課表上的國文英語數學
藏課本、脫褲子、拳打腳踢
頂多就是那些人心情還不錯時
不會朝他臉上吐口水

天開始變陰
好像要下雨了
他最討厭下雨天
起初是害怕淋濕
後來是擔心撒謊被母親看穿
他無法在數學課上專心
早餐沒吃讓他胃部絞痛
這學期成績退步太多
老師已開始注意起他

前天他全身濕淋淋地回家
告訴母親傘忘在車上
母親氣得拎起他的衣領
跑到公車總站問值班人員
有沒有乘客撿到她兒子的傘？
答案是沒有。
結果母親又向對方要了公車路線圖
與當晚每個司機的班表
她想弄清楚為什麼兒子

每次搭他們的車
都會把傘弄丟？

後來
他見謊言一發不可收拾
便又撒了新的謊
說他其實有把傘帶下車
但是弄掉在半路上了
於是當天晚上
母親毒打了他一頓
主要是因為他說謊
雨傘弄丟可以再買啊
為什麼要撒謊？
你到底把傘掉在路上的哪裡？
所有的新傷
全都覆蓋在舊傷上
究竟哪些傷是哪些人留下的
發生次數太頻繁
連他自己也忘了

「為什麼不說呢？」
「為什麼不在第一時間告訴老師？」
事隔好久之後
當父母與校長問起這些問題
他只是仰起臉
一臉無辜地看著他們
他好像曾經說過
但他們沒聽見
還是他根本沒說？
他不記得了。

今天
固定會在早餐店拿走他錢的男生
請假沒來
他終於可以吃到早餐了
但他最後還是沒買早餐
他走進便利商店
買了一把新傘

到了中午
天空放晴
氣象報告說接下來一個禮拜都是好天氣

全校只有他一個人帶傘。

動物園

熬夜創作的詩人
已進駐夜行動物區

寫童詩的
也遷往可愛動物區

用常人所不能及的
駱駝般的耐力
完成一首連仙人掌看了
都會忍不住迸發淚水的長詩
則屬於沙漠動物區

這兒的籠子　皆無上鎖
不必擔心詩意四處逃竄
至於罹患偷窺慾
與重度瘋詩症的遊客
歡迎買票入園參觀

拔河

拔起一棵樹
一座森林
讓環保系作家出
一本暢銷書
大談少用一張紙
少砍一棵樹
「唉呀，真動人！」
衆人老淚縱橫。

如今老天幫你一把
不必拔河
海嘯就來了。

傷痛練習——給飛鵬子

{交集}

你愛用放大鏡

我愛用顯微鏡

我們都曾把鏡子打破

{出口}

你我都是不甘沉默的

牆

有時需要窗戶

有時需要門

偽快樂天堂

大象長長的鼻子正昂揚　全世界都舉起了
希望
－希望我也能舉起　別人覺得輕如鴻毛的東西－

孔雀旋轉著碧麗輝煌　沒有人應該永遠沮喪
－烤雞旋轉著油亮多湯　如今只剩微波爐願意為我起舞－

河馬張開口吞掉了水草　煩惱都裝進牠的大肚量
－我們吞掉太多安眠藥　百憂解　以及塑化劑－

老鷹帶領著我們飛翔　更高更遠更需要夢想
－老鷹被人類射下　做成標本　飛機遂成為翱翔
最新的定義旅遊頻道比旅行者　更需要夢想－

告訴你一個神秘的地方　一個孩子們的快樂天堂
－快樂與天堂有如魚與熊掌　有名師進駐的補習班
化身天堂 數鈔票的櫃檯小姐　比你的孩子快樂－

跟人間一樣的忙碌擾攘　有哭有笑　當然也會有悲傷

－悲傷其實很價廉　唱片行與電影院四處可見 我可以拷貝你的

你可以盜領我的　除此之外－

我們擁有同樣的

陽光

－還有輻射－

濕土司

你犯的錯像濕土司　都長霉了
不是被單　所以無法用太陽曬乾
連烤麵包機也束手無策

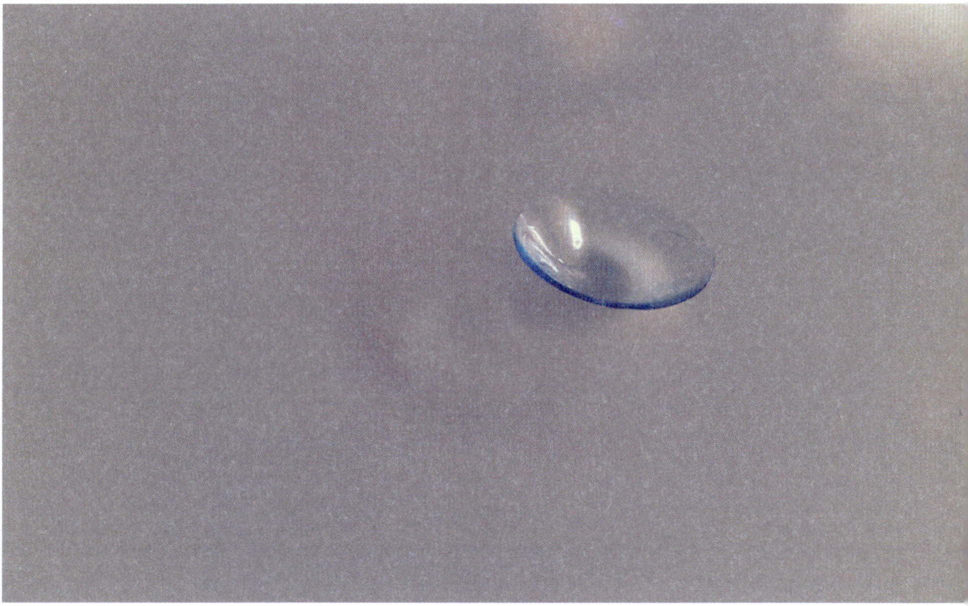

與外甥玩賓果遊戲有感

總有一天　你會長大
會明白
其實你和我和其他人
也是數字的一種

你可能會被列進某種統計表中
成為調查結果的一員
用以陳述過多的富裕
過多的貧窮
傳達結婚率　離婚率　失業率
投票率甚至死亡率

不管你願不願意　想不想玩
遊戲都已經開始

或許　你應該慶幸
那些外勞與滿街的遊民
連加入的資格都沒有

我們是開出來的選票
我們是銀行裡的等待叫號
我們買樂透
我們申請帳號密碼
我們提供戶籍　性別
身分證與年齡
讓專家將我們剖開
丟進一大鍋鮮美的粥裡
說明我們是肉
是營養價值較高的蔬菜

抑或只是可有可無的胡椒

也許有一天你會想說：
夠了
我受夠了！
但很遺憾地我必須講
你若是極度厭倦
或是欲振乏力
就會被排進漫長的自殺率
還比不上十大死因中
排名第一的癌症

所以也就算了

擁抱積極與樂觀
吃專家鑑定的食物
聽專家苦口婆心的建言
讓操縱命運的手　呼喊我們如
賓果遊戲中有用的數字
把我們標記
把我們劃掉
讓我們與其他同類連成一線
創造美麗的世界大同

畢竟
只要你活得夠久
也會被放進統計表當中

一千萬發票

我是這一期
價值一千萬的發票
我的存在可以改變某個人的命運
但他把手伸進口袋找零錢時
我掉了出來
沒有人看見
從此我註定了
要跟滿地的灰塵及垃圾為伍
那個人也是

每天早上
小孩的學費
與滿屋子的貸款
都是他醒過來時的第一個惡夢
他要不斷地加班
像一枚卑微的迴紋針將自己彎曲
到不可思議的地步
或是像椅子上的坐墊
去親吻老闆的屁股
才有辦法賺取足夠的薪水
養活他自己

和他最愛的家人

他原本有機會逃離這種恐怖的漩渦
現在沒有了
（所幸，老天爺對他還不錯
沒讓他知道這一點）

傍晚時分
下了一場雨
我淋濕了
有人在地上吐了一口痰
有人把菸蒂丟在我身上
我已經髒得不像是一張發票
一個流浪漢靠近
他寧可去撿一旁的空罐
也不願多看我一眼

一對母女開心地經過
小女孩告訴媽媽
她今天在學校
聽到了一個關於乞丐與王子交換身份的故事

全民運動

如果搶匪衝進銀行
叫大家把手舉起來
不是為了搶劫
而是要教大家跳天鵝湖

如果牙醫用器具
把病人的嘴巴掰開
不是因為蛀牙
而是想從裡頭拉出小白兔

如果飆車族深夜
從寂靜巷弄呼嘯而過
不是為了逞凶鬥狠
而是想追逐天際的流星

那麼
在鄰居家的圍牆上塗鴉
就不算是惡作劇

而是一首詩
提供路人佇足欣賞

打噴嚏
可以編成抒情歌

練瑜珈
能防止海嘯大地震

下次颱風侵台時
就約在北半球集體倒立吧
像玩翹翹板那樣
讓世界傾斜

更像倒杯熱茶
優雅且輕鬆地
把水庫灌進乾旱地帶
讓災民學會游泳

痛快

我們反覆用某種方式
將自己殺死
然後再重新活過來

阿米大量抽菸
我熬夜寫詩
鴻鴻瘋狂戀愛
這日子何嘗不是
一大團一大團糾葛難纏的毛線球
找不著線頭的時候
連貓咪都感到煩膩厭倦

但線頭偶爾會被尋獲
像拉出一絲珍貴的陽光
我們終於可以用它
織一件毛衣
織一雙手套
或織一雙襪子
給自己最最親愛的某人（或是自己）

穿上。

我老是聽見有人在問什麼是詩

什麼是獅？

老婆發起飆會變成的那種

什麼是師？

會問你太平洋戰爭何時發生的那種

什麼是濕？

老闆口沫橫飛時員工臉上的那種

什麼是失？

發現前女友交新男友的那種

什麼是蝨？

你養狗然後你的狗會養的那種

什麼是屍？
活著等於沒活或根本就死了的那種

那
到底什麼是詩？

呃……
就是問了這個問題的人
永遠都不會懂的那種。

我死後

我死後
電子信箱還是每天有新郵件
信貸中心與色情網站從沒放棄過
我家樓下的信箱
依舊塞滿租屋廣告和補習班宣傳單

政黨輪替了　我再也沒有投票權
幅射外洩與大地震　再也無法傷害我
也　與我無關了

請不要傳簡訊給我　不論是悼詞或祝我
生日快樂　我都沒辦法回了
也不要來我的臉書按讚
即使按滿一百個讚
也不能換我一分鐘的苟活

我的房間很亂　唯一整齊的
只有每天早上起床　固定會摺的棉被
剪刀依舊藏在我找不到的地方
鬧鐘七點會響　記得幫我按掉
老位置上　有我睡前讀到一半的小說
用鉛筆當書籤　方便寫下感想
其實那本小說我已偷看過結局
至今我仍在旅途中行進
但我的人生　能不能先偷看結局呢
如果先知道結局　我會不會更有決心活下去
還是　根本就喪失了奮鬥的勇氣

我的窗前有一棵大樹
二十九年來我從來不曉得它的名字

我只知道它在春夏　會綠葉盈盈　像光一般
秋冬時則完全落盡

我曾是樹上的一葉　如今要掉了
沒人抬頭看
樹間枝繁葉茂　沒人會去注意其中的一片

我死後
世界依舊美好　也依舊糟糕
憂鬱症患者按時吃藥
水管堵住了　就找工人來修

沒人能選擇死亡的模式
但我想安排自己的葬禮
我不要現場有冰淇淋　那總是化得太快

總是來不及吃　總是弄髒我的衣服
如果可以　我想選擇天氣　我討厭陰雨

如果一整天都是晴天　該有多好
我可以面帶微笑　站在棺木旁
看著你們哭　把我下葬
然後繼續哭　哭一輩子

我可以往遠方看
看山
看雲
看關渡大橋
看你們永遠也聽不見
我卻一清二楚的
丁香花凋謝　落進泥土裡
慢慢腐爛的聲音

僞

，

孩子是無辜的

視力檢查表

(0.1) 準 時 到 校

(0.2) 看 到 師 長 要 問 好

(0.3) 升旗唱國歌時請勿五音不全

(0.4) 校長說簡單講兩句就好卻過了十分鐘

(0.6) 要檢查衛生紙可是我剛才上廁所用完了

(0.8) 爲什麼每次不會的題目老師都會剛好點到我

(1.0) 我想用圓規畫太陽因爲今天早上出門忘了帶雨傘

(1.2) 那個數學老師下巴眞尖我想用量角器量量看有沒有呈現 35 度

(1.5) 我坐在第六排倒數第二個位子上心不在焉地回想昨天晚上連續劇裡我愛的台詞

(2.0) 其實我很想大聲地告訴你們課文背不起來並非我的錯畢竟你們也從來沒有完整記住我說過什麼

外甥讀我寫的詩

外甥讀幼稚園小班
看不懂我的詩
他問　這是什麼字
我說　這是開會的開
他問　那是什麼字
我說　那是上班的班

他問　你喜歡開會跟上班嗎
如果都不喜歡
你幹嘛寫？

干擾

我在寫詩
外甥在玩火車
他不斷發生噗噗聲
我想制止他
結果他卻先說：
「你打鍵盤的聲音好吵。」

成就

大人說這是一個簡單的遊戲
他們把棍子丟出去
我負責咬回來
剛開始很容易
但棍子越扔越遠
到後來
我找不著棍子
只好咬別的回來

比較

你看看隔壁的阿杰考試成績那麼好
為什麼你只會玩？

你看看對面的小宇那麼活潑愛運動
為什麼你只會死讀書？

你看看樓下的小雅多會舉一反三
為什麼你頭腦那麼鈍？

你看看樓上的美美多麼乖巧聽話
為什麼你老是我講一句你頂一句？

交了壞朋友

壞朋友教你什麼是髒話
壞朋友教你如何抽菸
壞朋友教你撒謊保護自己
壞朋友教你不必凡事都負責

這些從好朋友身上都學不到

小野狼

小野狼學壞了
小野狼是家族之恥
牠不肯吃小紅帽
（電視上說吃素對地球好）
牠不肯爬煙囪去抓小豬
（法律條文說這是私闖民宅）
牠只想利用夏天時到冰店打工
晚上無聊就看康熙來了
大野狼氣死了
牠不想承認小野狼是牠的小孩

吹倒

大野狼離開之後
颱風就來了

兒童不宜

兒童不宜的部份實在太多
先是胸部打上馬賽克
接著是臉打上馬賽克
到後來
連講話也必須被消音

停止販售的兒歌卡帶
曾經教導我們
「只要我長大
只要我長大……」

紅筆

一百分的考卷
有一個大大的勾
像紅色溜滑梯
但考差的考卷
也有漫天飛舞的蒲公英

悠哉

請先看懂五線譜
請先記住音階
請先挑選家教
請先培養耐性
請先練蕭邦的曲子
請先——

啊，我忘了
風鈴不需要

人質

「你不能走，我有你的孩子了。」

「你不能打我，會傷到孩子。」

「我知道很貴，但這都是為了孩子好。」

「再逼我，我就帶著孩子一起去死！」

「孩子是無辜的。」

檢查課本

我幫國父戴上眼鏡
是怕他看不清楚嘛
這個句子寫得沒有我好
不能改嗎
這是月亮不是香蕉
為什麼不可以在美術課本上畫畫
我家有養狗
我知道牠想說話
所以設計了對話框
我的原子筆只有藍色跟紅色
不能畫葉子

噢，不會吧
你說什麼？
要保持課本的乾淨？
但你的口水已經噴上來了
你沒發現嗎？

規定

考試作弊被
當場抓到的學生
和考不及格的學生
一起被罰

天黑了

「大家好，我是你們的老朋友孫越。
天已經黑了，你知道你的孩子在哪裡嗎？」

「在家裡。」

「噢，那真是太好了，你的孩子沒有晚歸的問題，你們可以共享天倫之樂……」

「問題是我還在公司裡加班啊！」

鬼

聽完鬼故事
看完鬼片　後
不敢
自己去廁所
自己待在家
自己搭電梯甚至
自己一個人睡的
孩子
總讓我忍不住懷念
與嫉妒
那些早已離我遠去的
想像力

過河

農夫帶著
一包米
一隻雞
一條蛇　過河
小船一次只能載兩個乘客
雞會吃米
蛇會吃雞
農夫應該怎麼辦？

我們玩了這個遊戲這麼多年
卻從來沒想過
要替他們
打開心結

聰明的烏鴉

想喝水的烏鴉
丟一顆石子到瓶子裡
水升高一公分
丟兩顆
升高兩公分

我丟一根吸管進去
升高 0.2 公分

蘋果

蘋果用以製造
真愛易得幸福不滅的童話故事
欺騙孩童
因此有毒

雞兔同籠

把不相關的動物
關在一起
只為了計算牠們的腳
小學生由此滿足了
便不去養蠶寶寶

顯微鏡

小學生用顯微鏡
看自然課本
看不到葉綠素

種花

再多的博覽會
也栽種不出
一朵浪花

今天下午
一群穿雨鞋涉過積水
的小學生們
辦到了

讓座

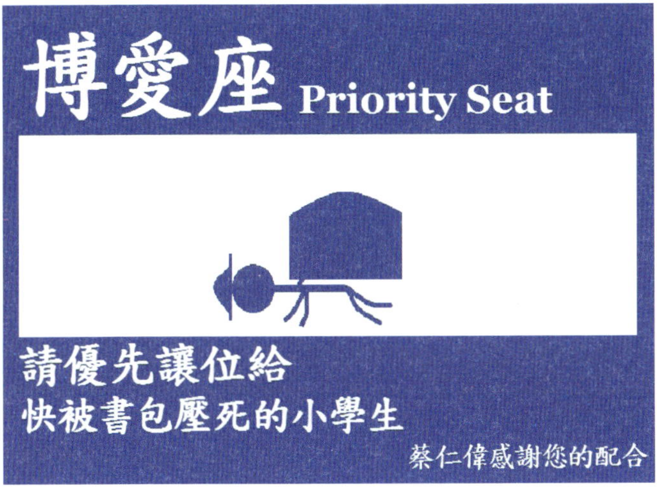
博愛座 Priority Seat
請優先讓位給
快被書包壓死的小學生
蔡仁偉感謝您的配合

當機

叫不動的孩子
像電腦當機
大人越急
他就越慢

翻譯

My name is Tina.
我叫做丁佳雲。

I can speak English.
我爸媽說不會講英文等同於沒有競爭力。

I like dancing and playing the piano.
我每天都要去上很多才藝課。

I have many friends.
老師常告訴我們近朱者赤、近墨者黑。

I love my parents.
所以我長大後應該會變得像我爸媽。

I am happy.
看到別人輸了就很開心。

【國家圖書館出版品預行編目資料】

偽詩集：蔡仁偉詩集 / 蔡仁偉作	
臺北市：黑眼睛文化事業	2013.01
ISBN 978-986-6359-26-2（平裝）	
851.486	101026972

偽詩集

作　者　蔡仁偉
攝　影　賴舒勤
平面設計　何俊葦

出　版　黑眼睛文化事業有限公司
E-mail　darkeyeslab@gmail.com

總經銷　紅螞蟻圖書有限公司
地　址　台北市114內湖區舊宗路2段121巷19號
電　話　02-27953656
傳　真　02-27954100
E-mail　red0511@ms51.hinet.net

印　刷　鴻柏印刷事業股份有限公司
初　版　2013年1月
十三刷　2025年2月
定　價　320元
ISBN　978-986-6359-26-2